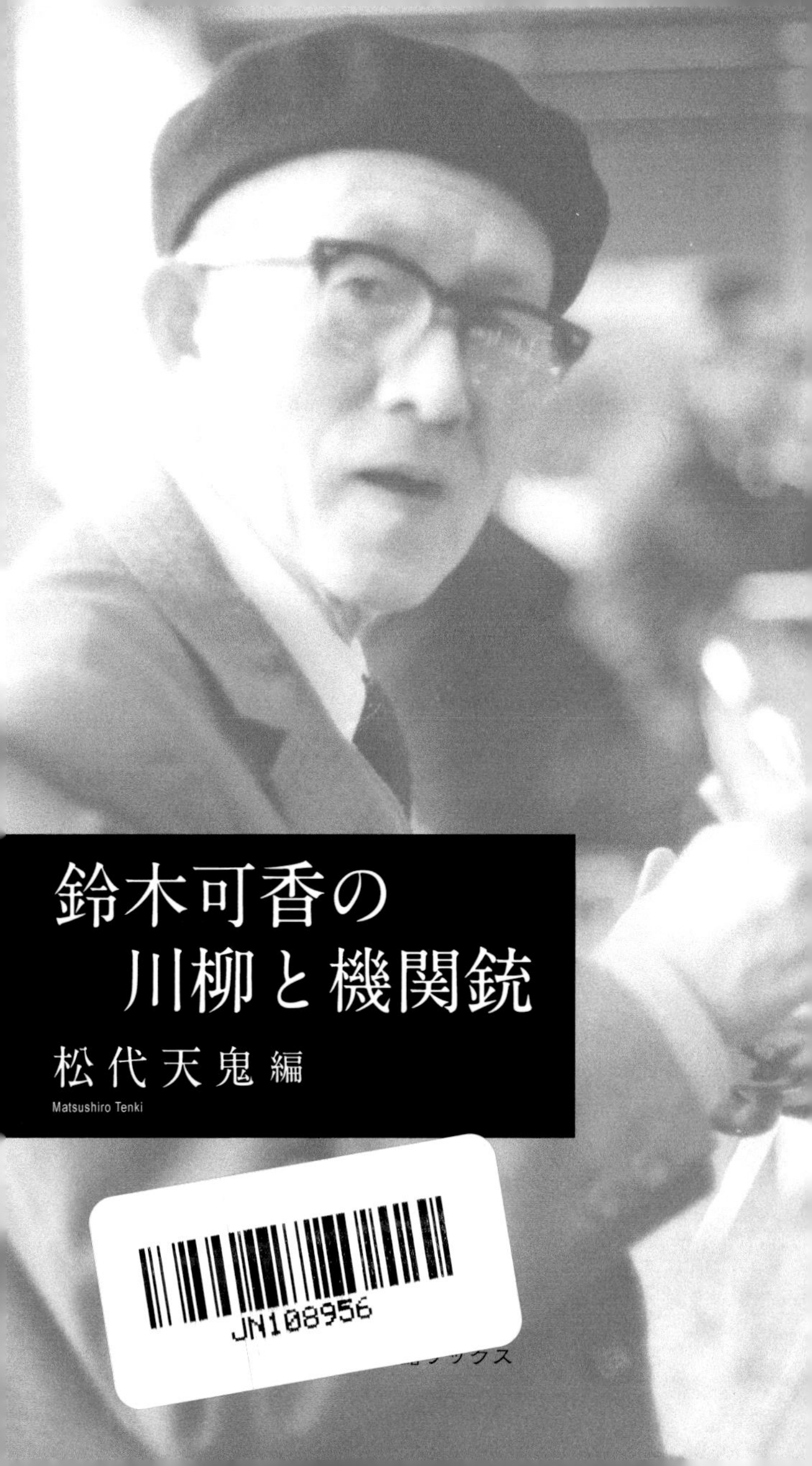

鈴木可香の
川柳と機関銃

松代天鬼 編

Matsushiro Tenki

ックス

前列左から喜田健水、長谷川鮮山、鈴木可香

前列左から鈴木可香、長谷川鮮山

後列左から8人目が鈴木可香

前列左から鈴木可香、3人目が丹羽麦舟、可香の後ろが吉原辰寿、後列左から3人目が長谷川鮮山

2列目左から4人目が鈴木可香

明治

37年　4月20日　午前2時25分、岐阜県中津川市白山町に生まれる。生家は山久大村屋海産物青果商の次男。本名・鈴木實三。

9月27日　生母を亡くす。

大正

6年　9月27日　義父を亡くす。

9年　満15歳で川柳を始める。

12年　中京川柳社（主幹・岡本映絲）に入る。

14年　全国模範青年として表彰される。木材専門の岡紋商店（後の名古屋木材）に入店。袴、羽織で例句会へ行ったので「袴の可香」と言われた。

昭和

2年　10月2日　24歳で18歳の妻と結婚。「川柳鯱鉾」誌に雑詠投句開始。

3年　7月6日　義母を亡くす。川柳「紫」に入り、紫の主幹になる。一日100句を作り、全国の柳誌57誌へ投句。機関銃可香の名は満州から台湾まで伝わった。

4年　川柳の機関銃式作句から「機関銃可

前列左から4人目が鈴木可香

鈴木可香と夫人の久子さん

左が鈴木可香

左から鈴木可香、喜田健水、中江一魚、原仙波

香」の綽名が全国に広まる。
5年　日本百作家推薦を受ける。
8年　3月「名古屋川柳社」発足。
9年　長男誕生。11月に「川柳紫」を廃刊。
13年　7月11日　次男を亡くす。
12月28日　中津川の実父を亡くす。
「川柳なごや」五拾号記念感謝大句会を開催。
20年　名古屋木材㈱の庶務課長になる。
21年　「川柳なごや」新年号から復刊。可香は編集を担当。ガリ版でA3判を二つ折りの句会報であった。
22年　「川柳なごや」が24ページの菊版に。
可香が『全国川柳家戸籍調』を発行。
9月21日　川柳なごや百号記念句会を開催。選者は加藤彩華・長谷川鮮山・可香・丹羽のぼる・斎藤旭映。
6月号で通巻百号になる。
23年　可香が『全国川柳家没年表』を発行。
25年　9月18日　石川橋食品市場内に銘茶

左から森王将、長谷川鮮山、斎藤旭映、鈴木可香、原仙波、喜田健水、後ろは吉原辰彦

久子夫人と

前列左から藤島茶六、榎田竹林、平野文彦、後列左から6人目が鈴木可香

昭和

と菓子の店舗を開店した。

26年　3月3日　名古屋営林局文化部で可香を講師に入門川柳講座を開催。

27年　4月号から「紅紫苑」を旭映に代わり可香が担当。
7月6日　名古屋刑務所の招きで受刑者30名に川柳講座を行う。
8月10日　第1回物故作家慰霊祭句会を開催。

30年　8月25日　初孫・尋子誕生。
三重県度会郡一之瀬村、名古屋木材KK駐在所から転勤。2年間で名古屋へ戻った。
長男の義信氏が結婚。

32年　6月　急性気管支炎で一週間静養。
7月　可香定年慰労兼例句会開催。
名古屋市外鳴海町字文木27ノ2へ移転。

35年　4月　名古屋川柳社主幹に就任。55歳。

前列左から原仙波、3人目長谷川鮮山、6人目が鈴木可香

㊤一番左、鈴木可香（ベレー帽）
㊧昭和47年、名古屋南区川柳同好会

㊨前列3人目、右下は前列のベレー帽姿が鈴木可香

鈴木可香、句碑除幕式

36年　転勤先にも自転車で10キロの道を毎日往復。月に10数回の句会へ出席するのも自転車。我楽荘の句会へ22キロの行程の往復も自転車。自選句集『港の灯』第三集を発刊。

37年　4月に急性肺炎に罹り、35日間入院。

39年　3月15日「川柳なごや」三百号記念句会。
4月20日　還暦。4月10日に還暦祝賀川柳句会を開催。

40年　11月18日　妻を亡くす。

41年　自宅敷地で「牛乳販売店」を始める。森永乳業の直売店「緑北荘販売所」。

43年　作句生活50年を迎えた。

44年　名古屋市緑区に本社を置くが、名古屋市南区に移転し文信所を変えた。
11月16日　鈴木可香氏作句生活50周年記念川柳大会を開催。

45年　3月22日　会社の社員40名を連れて、大阪万博を見物した。

左から斎藤旭映、佐々木鳳石、鈴木可香、金子呑風

左から吉原辰彦、3人目が鈴木可香

昭和

46年　12月まで13年7カ月間主幹を担当。1月から長谷川鮮山が主幹を引き継いだ。ただし発行人は可香のまま。

47年　10月29日　川柳なごや四百号記念川柳大会。選者は小谷源氏・増井不二也・山﨑鮮紅・丹羽麦舟・曽根幸広・平野文彦・會田規世児・長谷川鮮山。

48年　5月17日　喘息性急性気管支炎にかかり闘病37日間の入院生活。

49年　9月15日　名古屋川柳社創立40周年記念大会。選者・榎田竹林・藤島茶六・磯部鈴波・金子呑風・増井不二也・福永清造・市川鱗魚・山岸志ん児・曽根幸広・平野文彦・會田規世児・丹羽麦舟・長谷川鮮山。鈴木可香氏建碑記念句会開催。11月の始め、前立腺肥大と膀胱の腫物で入院。手術は15日。

50年　8月31日　中部読売柳壇・開設記念

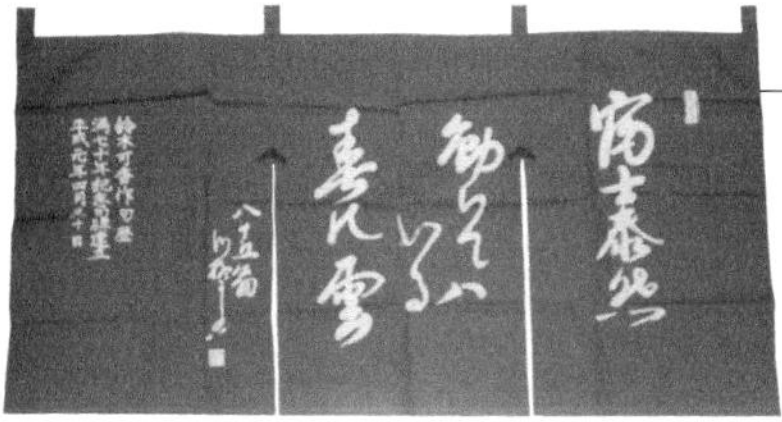
富士泰然動いてはいる春の雲（可香の暖簾）

金子呑風の句碑建立祝い
（上田公園内）

前列右が鈴木可香

後列左から5人目が鈴木可香

川柳大会。遠方からの出席者は石原青龍刀・藤島茶六・金子呑風・大井正夫・東野大八。

53年　9月17日　名古屋川柳社創立45周年記念大会。遠方からの選者に藤島茶六・磯部鈴波・榎田竹林・森紫苑荘。

55年　5月6日　可香の長女美智子死去。享年52。

56年　2月22日　名古屋川柳社五百号記念川柳大会。遠方からの選者は藤島茶六・磯部鈴波・榎田柳葉女・去来川巨城他。

58年　3月20日　名古屋川柳社創立50周年記念大会。遠方からの選者は森中惠美子・榎田柳葉女・山﨑凉史・去来川巨城・藤島茶六他。

60年　8月18日　川柳なごや五五〇号記念大会。遠方からの選者は北川絢一朗・山﨑凉史・去来川巨城・藤島茶

前列８人目が鈴木可香

句碑除幕式
鈴木可香と夫人

鈴木可香句碑除幕式

鈴木可香句集（平成２年、芸風書院）

昭和

62年　六他。

平成

元年　新年号から翠漣抄に投句しなくなる。
4月30日　鈴木可香句碑除幕式並びに川柳大会。名古屋市北区の真言宗・常光院の句碑「富士泰然動いてはいる春の雲」。
8月20日　川柳なごや六百号突破記念大会。遠方からの選者は脇屋川柳。

5年　8月29日　川柳なごや六五〇号記念大会。遠方からの選者は梶川雄次郎・脇屋川柳・渡邊蓮夫・藤本静港子・北川絢一朗。

9年　7月19日　可香死去（享年94）。常々可香は「俺は九十三歳の四月二十日午前二時二十五分まで生きる」（4月20日は可香の誕生日）と口癖にしていた。戒名・善徳院相念實照居士

はじめに

昭和五十九年、私は東京から名古屋へ転勤になり、名古屋川柳社に入会した。当時、瓦全房・鈴木可香は八十歳であったが、「気魄」に圧倒されるほどお元気であった。

名古屋川柳社は、昭和八年三月に発足して、『川柳なごや』誌は令和二年一月号で通巻九六八号になり、三年後には通巻一〇〇〇号を迎える。鈴木可香は大正八年、満十五歳から川柳を始めた。大正元年創立の「中京川柳社」に所属し、昭和七年に解散したので、翌年、斎藤旭映、長谷川鮮山たちと名古屋川柳社を創立した。一日一〇〇句の作句を五年も続けたことがあり、競吟会では句数制限がなかったので、一時間に一二四句作って出席者を驚かし「機関銃可香」と呼ばれた。内地だけでなく満州、朝鮮の各川柳誌に投句していた。戦後は名古屋川柳社初代主幹・斎藤旭映から引き継いで二代目主幹になり、戦後の名古屋川柳社の発展に貢献した。名古屋木材（株）の管理者として仕事も立派に務め、子供八人（一人夭折）の七人全員を結婚させた。

令和元年二月　　松代　天鬼

資料提供：鈴木公司氏（鈴木可香師三男）

鈴木可香の川柳と機関銃 ■ 目次

鈴木可香の川柳と機関銃

富士泰然動いてはいる春の雲

常光院　句碑

欲深な大家中風で弱り込み

地元新聞初入選

底のない袋にせっせと欲を詰め

何食べているのか親も子も細い

眉ぴくり動くと決まる父の肚

口をへに結ぶと男譲らない

中京川柳社「川柳鯱鉾」より

大正元年～昭和七年

餅取粉ほどに積もった春の雪
若旦那女のやうな腕を見せ
産婆だと解る門燈ついている
取次の電話に重い返事ぶり
拝啓のあたりは黒い墨で書き
薄物にハッキリ乳を見せている
参観のある一時間静かなり

眠られぬらしく寝間着で門に立ち

薄物を着てがま口のやりどころ

片減りがひどくしている借りた下駄

換えられた下駄に添わない足の裏

抽籤の度に控えを繰って見る

女の子父と湯へ行くのを嫌い

孫の守もう御隠居の数に入り

今日は永遠に再び還らない。しかし判り切ったことである。しかし思いを新たにしたならば、その今日一日ぼんやり過ごしてはならないだろう。我が生涯は尊い、一日一日の連鎖である。

大袈裟に亭主に見せる針咎め

あげられた話質屋で聞いてくる

窓を繰る顔へ紅葉が散りかかり

好きでなく嫌いでもなく許嫁

火葬場の帰りに廻る分譲地

掻くに手の届かぬ所を蚤は選り

褌のまま夕顔へ水をやり

今日の一切が不滅であるとともに、今日は過去の総計であり、未来の準備である。今日のことは明日に延ばさぬように片づけておこう。尊ぶべき今日である。

一枚の百円紙幣を振って見せ

売り出しの団扇を腰に村の盆

酒癖のある兄がある嫁き遅れ

騙された男へまんだ義理を立て

酒保へ来る新兵どれもよく食べる

号外に歩哨始めたナと思い

硝子屋を連れてボールの主が来る

尾が鯛ならば、頭も鯛、片鱗は全身を現わすということは周知の如し、一時が万事と同じ理なり、人間の現実はすべて各自の片鱗であることを忘れてはならない。

顔色の曇りを刑事見逃さず
サア飲んでくれと自分も酔っている
父さんに貰えと母は出し惜しみ
火の消えた提灯一人列を抜け
介抱に来た妹の奇麗過ぎ
旅廻り起こせば足を揉めと言い
番台へしかと預けた腕時計

瞬間が全部であり永遠である。刻々の自分を完成することが、永遠の自己を完成することである。従って人生の価値は年数ではない内容である。内容の充実は瞬間の集中である。

ちと書けるのを奉る女部屋

催促を受けて気のつく煙草の火

年功の順に金目の記念品

四つ這いに読む新聞に灰が落ち

不器用な妓に立膝の眼が光り

郊外の電車で何時も会う女

乳母車買ってもらって狭い土間

生き物には静止がない。我がすべての瞬間をして向上進歩し、勝利の過程たらしめるには勇気が要る。決断が要る人生は荒波の果て知らぬ航海を続けるに似る。

腹這いになって続きを読み耽り

遠足に母を連れてくる一人っ子

その人の前では言えぬ義理があり

玄関が土で汚れる新開地

校長もまだまだ負けぬ気で走り

井戸端でひろげる鰯売り切れる

夕顔を棚へ這わせて生ビール

人生の変転は七転八起諺に漏れず。果て知らぬ荒波の航海には難破はつきものである。勇気をもって荒波を乗り切ってこそ、波の彼方に大きく輝かしい希望の光が燦然としている。

争いの後に寂しい流れ星
宿帳に駆落ち顔と顔が合い
電話では話が出来ぬ儲け口
見送りの後ろに目立つ許嫁
カーテンの汚れが目立つ秋の風
御亭主の顔を米屋は知らぬ也
夏服のちと窮屈に太り過ぎ

人生は明るく送りたい。万人に明るい感じを与えたい。それには邪心に乗ぜられぬよう、世の中を明るく見つめて進むことだ。暗い人生は一生の悲劇であることの論を俟たない。

話下手煙草ばかりを吸うている

思い出した様に女のコンパクト

スリッパの尻が切れてる公会堂

インキ壺奇麗に拭いて病んでいる

風鈴の下で添い寝の手がしびれ

男泣き我慢をしろと叩かれる

妾宅へ威勢よく来る賃搗屋

人を信ぜよ。人に信じられよ。同じ職場に従事しながら、甲は喜び、乙は悲しみ過ごす。甲と乙とは信念の相違に生き方が違っているからである。信頼を勝ち得る人には人を信じ、人には信じさせるべく努力すべきである。

女給今日白秋の詩に泣かされる

階段を上るに黒い足袋の裏

心配へ便りにならぬ兄を持ち

先生に書く年賀状改まり

つまみ食い子に真似られて叱られる

支那という国に考えさせられる

タクシーへ不平の続く車夫溜まり

人間は見栄を張りたがる。偉がりたがるものだ。「実るほど頭の下がる稲穂かな」がある。偉そうに気取るな、偉ければ気取らなくても判る。気取ると滑稽で可哀そうに思われる。

生け捕った鼠へ猫を借りてくる
初恋を捨てて嫁ぐ日の裾模様
飛行機のチラシ物干し台で読み
死に絶えた家を知ってるお墓守
雪になる空を知ってるワンタン屋
二号フト何思ったか髷に結い
鯉幟亡くなったのも男の子

何事にも決断には覚悟が要る。覚悟のない請け判は三文判にさも似たり。引き受けた仕事には責任感が大切である。責任の持てぬことに口を入れたり、引き受けたりせぬことだ。

言い訳も聞き入れられず爪を噛み
丹前で朝っぱらから酒の息
米櫃の後ろ団扇の落ちたまま
パラシュート命を捨てて飛んでみる
濡れて来る子供と出会う迎え傘

中国大陸へ～撫順川柳社「川柳琥珀」より

▼満州国年号　康徳5年（昭和13年）

第貳號

宵寝して聞くお隣の笑ひ聲
終電に漫才夫婦無口なり
廣小路贓の仲間と逢って飲み
永い眼で見てやる叔父は苦労人
木戸までの用事へ女派手に立ち
公傷を見舞ふ妓の身だしなみ

縁日の店それぞれに陽が當り
しょんぼりと詫びてやる子が後へつき
凱旋の眼に有難い二重橋
持論曲げさせて上役それでよし
泣かした子逃げるでもなく傍に立ち
上役の遅刻黙って椅子につき
旅客機へちと汗ばんだ鍬を立て

拾月號

仕事は自ら創るべきもので、買うものでも、貰うものでもない。よく職場の仕事は上から命令がないから出来ぬという人がいる。出来ぬのではない。創らぬから無いのである。

ゴルフ場令嬢少し轉婆めき
聞捨てにならぬ寝言へ父が立ち
儲からぬ愚痴とは別にアドバルン
珍客へ少し出過ぎたお茶の色
招待をうけてる席に順があり
泳げる子泳げない子へ海は暮れ
海國の男子としての抜き手きる

相手には相手の言い分があり道理がある。自分の言は信じても一応相手の言を聴取し、しかる後、自分の意見を披歴するべきだ。相手を見下げて命令的に出るなど以ての外なり。

教員と言はれて薄い髭を持ち
甘へたい心黙って手をまかせ
のしちまへなどと酔ってるハンチング　拾壱月號
まだ雨の音がしてゐる二日酔い
ちと叱りすぎて寝た子をぬすみ見る
鼻毛など抜いて策略まとまらず
淋しさに賣られてからの日を數へ

背後に力を持つものは大胆に進めることが出来る。臆病には背後に力がないのと、自信が足りぬからである。けだし虎の威をかる狐といった態度はどこまでも唾棄すべきである。

帯び解いて母親どっと疲れが出
押賣へここから近い交番所
切れ話あんなに月がまんまるい
バスガールすこしよろけた聲になり
過ちの一人を責める眼が並び

拾貳月號

▼康徳6年

人生の弱味へ觸れる二十一

新年號

働くことは面白い。大いに働こう。働くことに苦痛を感じるものは、それを我が物にし切ることが出来ぬ証拠である。仕事には心魂を打ち込むということが第一条件だ。

激戦の跡さし昇る初日の出

鐵兜春の期待へ微笑する

戦功の便りがとどく春の幸

元日の床にしっかり日本刀

寝る小僧足袋をきちんと重ねとき

擦れちがふ女が匂う春の街

君が代が二階へ届く四方拝

働くことは人間として生きる証拠であり、人間の特権である。馬は人を乗せ、牛が車を挽くのは働くのではない。意識に動くのである。御者の目が、鞭が怖いからである。人間が人の目を怖れて働くのは盗人以外にない筈と思ってよい。

萬歳を縁喜に母は呼び入れる
母だけに話したいことと泣けてくる
末座まで盃が来る目出度い日
天才は破門をされてからの意地
里扶持を稼ぐ女のいい眉毛
ご思案は毒よと妓惚れている
まとまった金に驚く日掛箱

貳月號

二兎を追う者一兎を得ずという諺がある。船に片脚、片脚を陸に残すと川に落ちる。身を任せよ、おとなしく身を任せば安全なり。

級長がやっぱりうまい綴り方

来客へもお休みなさいいい躾

龍宮の繪を見るやうな支那料理

来年は學校へゆくアイウエオ

五月號

おみやげを添えてトランク返される

これからの花火へ重く子に寝られ

生ビールへちまの窓を開けに立ち

七月號

迷うなら止めよ。確かと思う事から着手せよ。後であのとき虫が知らせたなどと思うことが時々ある。機を見てせざるは勇なきなり。良いと思うことは即断実行せよ。

十月號

出征の留守を淋しい子の寝顔
洟をかむ廣告ビラの皺を伸し
着流しで失礼をする応接間
叱れないものに寝た子の足の裏
殴られた方に女の見方あり
病んで寝て金が頼りの世に觸れる
冗談のうちに教養見て取られ

安楽の椅子はまず人に与えよ。人に与えんがために真剣になるということは、なかなか出来ぬものである。人に頼ることは男子の本分ではない。人の為に真剣となれる人には、やがて頼まずとも我が身に安楽椅子が与えられる。

諦める心静かに雨を聞き

出征を見送る中に債権者

拾貳月號

涙もろい性質で総代頼られる

傘さしてみてるを釣魚師うるさがり

世に遅れまいと新聞母も讀む

▼康徳7年

萬歳の聲が大きい夜の驛

新年號

生命ある種を蒔いておけば、自分は忘れていてもいつの間にか育つ。芽の出ぬ仕事は徒労なり、されど人の世話をして恩返しを待つがごとき根性は卑しむべし。

遅刻した眼に演劇の日章旗
はじめから意見きく気の胸を割り
溜め涙まだ本心に觸れてゐず
エプロンが似合ひ働く姿なり
金屏風家中白い足袋の裏
嫁ぐ眼に今日の鏡のまぶしすぎ
晩酌の父の機嫌に逆らわず

二月號

仕事は何をしても、職務は低い位置にあっても、心には常に遠大な抱負を持て、抱負に生きる者には挫折することがない、清く高い抱負を持て。

陽の縁で灸をすえ合ふうららかさ

訥弁も頼もしいもの赤襷

口止めの合図煙管の音を立て

剃刀へ客の寝息はつづくなり

十銭の目方に砂糖屋慣れきって

決裂の顔で出て来る会議室

母ふいと琴出してみる春の部屋

或る處まで進む熱心は誰にでもある。その或る處を一段上に飛躍するのが努力で区別の勇気と忍耐とを要する。男子の信念巌をも貫く覚悟こそ望ましい。

すぐ眠くなる癖部屋に湯がたぎり
友達に聞いて貰って憂さが晴れ
感情のこまかい鼻も女なる
電車賃残して無事な折を提げ
洋服の似合ふ女給の目鼻立ち
前賣券友の分まで買ふ儲け
どん底と思ふ気安さ丸裸

三月號

誰も自分の能力を内輪に見積もる癖がある。出来ないものと最初から極めてかかるのは既に五分のひけがある。彼には出来そうもないと見くびることもまた宜しくない。

苦笑して話題をそらすことに觸れ
苦労とは別に勤続二十年
占領へ何にも知らぬ豚が鳴き
筆太に書く満員の御禮札
うす闇の厨は何か刻む音
會計部みんな女で足る仕事
訊き正す言葉の尖る會計課

四月號

小事は毎日ある。そこに大きな意味を含む。小事こそゆるがせにできない。細胞を無視して人体はない。小事こそ心して大切に見てこそ間違いない。

會計に飲めて歌へて珍しい
遺家族へ會社の厚い手が届き
ストーブへ外交うまい世辞でより
五月號

診察の順にストーブ入れ替り
海女二人カメラへ無表情に立ち
子の買ったカメラへみんな常着なり
場末街夜の明けてゆく音を立て
六月號

今の生活の興味の中心は何か。興味の種類がその人物を示し、将来をも暗示するものである。仕事に興味を持てる者は幸福と言うべきである。

横切った影へ算盤気をとられ

小説のきりがつかない生返事

ふるさとの母恙なき蓬餅

女房の針を見てゐる雨の夜

鈴蘭燈一つとうから消えたまま

眼帯の融資へ贈るカーネーション

応召を中に軍歌のいい調子

苦痛そのものに苦しむより、来るかもしれぬ苦痛を想像し、見えぬ幽霊に悩む苦痛の方が大きい。現世で出来た苦痛は現世で治まるものと悟れ。沖に出た船は帆任せ風任せに度胸を据えよ。無暗と焦慮するのは愚の骨頂なり。

七月號

純喫茶苺ミルクと貼って春
仕舞湯で遇えば板場は唄ってる
いきなりに小僧の昼寝起こされる
海鳴りを遠く聞いてる留守の妻
微熱まだ続いて風呂を叱られる
卓袱台に子供の意地は肱をはり
引っ越して来て非常口怖く開け

厳しい暑さが訪れる。睡魔が襲う。気を緩めるな。油断するな。張り切ったこの腕、この力瘤、この意気とこの元気で猛暑を征服せよ。

模擬店を笑はせてゆくモーニング　八月號（終刊號）

パラソルが一つ渡船場塞がれる

洋装が活発に漕ぐ貸ボート

モーニング勲八等の肩の幅

それからを聞けば泣いてる灰ならし

婿をとる相談にのる叔父の位置

滑り台まだ遊びたい子が二人

第一の山を越えれば第二の山、第三、第四と峻嶮は連続する。息切れはする。疲労は加わる。勝利者とは終わりまで登りつづけた人を言うなり。

「鈴木可香句集」から

見得切って手にうける雨春の雨
小鳥が咥えて引かすおみくじ当りそう
犬にだってある好きな人嫌な人
台風一過どこにいたのか猫帰る
運の悪い毬はころころ溝へ落ち
盃で計る種子屋の種子の数
固いこと言いなさるなと握らせる

いつからか忠義孝行死語になり

席を立つ油断へ猫の目が早い

神札と涕紙紙にも運不運

どこまでが元値儲かる五割引

茶を出せば集金根からの話し好き

米搗いた思い出がある一升瓶

手に雨をうける仕草も歌舞伎好き

偉人は嶮しくなるほど勇気を増す。登攀のコツは黙々として脇見をせぬことだ。長休みはかえって疲労を誘う。登るときは一歩一歩と吾が肉塊を天に近づけることなり。

墨を磨る机上に一輪挿しの菊
参観日いじめが居るとは思われず
仏道の修業座禅へ鞭がくる
水琴窟昔の人は偉かった
社長にこんな日がある庭の草むしり
新任の挨拶浅学非才です
手を逃げた風船春の陽が丸い

辛抱の徳は一生涯を支配する。世に謂う三日坊主は一生涯を亡くすものなり。労苦に堪えよ。迫害に堪えよ。然して目的の山を征服した者にのみ最後の栄冠が与えられる。

浜で買った鯛も鰈も安くなし
禅寺で招ばれたお茶の別な味
出世して悪童だった頃のこと
筋書きと別にここらで犬が吠え
父の酒調子外れの唄でよし
座禅でもしてはと和尚こともなげ
研ぎ屋から偽せの長船《おさふね》返される

難関を切り抜けよ。切り抜けられぬのは自分の確信が足らないからだ。赤誠と努力の双拳で叩けば如何なる鐵扉も必ず開く時が来る。

孫に買ってやった刀で斬られ役

赤ちゃんの爪二人してやっと切れ

あまりにも人が良いので騙せない

耳つきの名刺の値段和紙の里

吸いましたネと看護婦の目がきびし

握り飯ぴったりと合う竹の皮

かまきりのさて身構えてどうする気

衣食住足る者にいう。太陽の有り難さ、水の尊さ、絶えることなきものとは言え、一日も寸時を欠くことの出来ない空気への感謝を忘れるな。

居酒屋でベレーと鉢巻いい機嫌

由緒ある紋の中には夢が住む

お盆する手順を嫁はメモに取り

おんなじに見えるこけしに出来不出来

汗出して儲ける金は高が知れ

腰で打つ太鼓ずしりと腹へ効く

残り籤ほんとに二等賞をあて

私より健康で、私よりも若い友人が幾人も此の世から消えた。私は今尚生きていることに感謝して働きたい。勤めたい。やる仕事に手を触れたい。人生の勤めに感謝をもって終始したい。

山寺の鐘へ見得切る時代劇
ドロップの五種どれから食べようか
大衆食堂テキにも箸がついてくる
金になる残業好きな日本人
何もなかった時代を偲ぶ代燃車
あした咲く花のこころを知る鋏
水の便見定めて張るキャンプ馴れ

男は度胸という。肚がなくては何事も成し得ない。一度引き受けたら必ずやり通す人。責任を完全に果たす人。こんな人こそ真の男であり、誰にも信頼される人である。

儲かった昔をしのぶ招き猫
轢き逃げをしかと見ていた辻地蔵
お爺いさんのお嫁になると曽孫《ひこ》が言う
人間の勝手に盆栽曲げられる
春闘がどうあろうとも町工場
子に免許取らせ送らせ迎えさせ
旧仮名の序文で恩師のほめ言葉

七転八起という諺がある。倒れても、倒れても起きるという意志は尊い。確固とした意志と信念に起き上がる力は強い。男の意気を見習うべし。

借りにゆく里方孫に貸すという
その中の一人仁丹匂わせる
見せにくる家計簿交際費がかさみ
肉筆と比べて偽筆綺麗すぎ
思いきり水飲まされた波がしら
信心の法被も揃え草むしり
さいころは振れば裏目に出るさだめ

悪い事ばかり続くものではない。宇宙には自然の巡り合わせがついて回っている。振り返って見よ、軍人の良かった時代、農家の良かった時代、やがてサラリーマンの時代も来よう。

湯島天神昔の恋は美しい

犬のことで怒鳴ってからのおつき合い

綱渡りおちる仕草をしてみせる

これでもかこれでもか社の棒グラフ

花束はこう受けるものアドバイス

お噂は聞いていました初対面

午睡する犬も涼しいとこを撰り

真剣になり切ったら何でも出来る。遊んだ翌日は精の出るものである。供出も納期が切迫しないと力が入らぬ。年中その気持ちで働ける人は何人あるか。

但し書きの小文字目鏡を忘れてき
八十八ヶ所巡る奉謝に嘘がない
消しゴムで消える罪なら多寡が知れ
酔うほどに詩人色紙に筆がのり
返さぬでよいと貸す傘穴があり
まっ先に悪友飛んで来てくれる
来合せたご縁聞き役なだめ役

判ったかと念を押さないと返事をせぬ。家の倅も隣の息子もそうである。物を訊いたり教えたりして、暖簾に腕押しは頼りない限りである。

犯人でないから指紋気にしない
結婚祝い何が良いかと聞ける仲
迷わずに一と筋の道七十年
福笹に小判が揺れるバスの棚
花はどうでもよい二人手をつなぎ
田甫まで来るセールスの根に負け
娘に剥かす林檎の皮の厚いこと

平成元年　可香作句歴

一人を尊重せよ。萬人も一人から成るなり、党の崩れるは一人の裏切り者より成る。一人を尊重せぬ者、党首になりても党の統率は不可なり。

黒田節三味に合おうが合うまいが
節分の豆掃除機に拾われる
香水の小瓶にロマン詰めてある
この村のことは何でも散髪屋
内職へ明日は問屋の集荷の日
孫が来るお菓子売るほど買って待つ
朝の焚き火へ誰かが藷を持ってくる

肉を斬らせて骨を斬れという言葉がある。吾人は身を殺して骨髄であたれ。これ程簡単明瞭で効果の確実な真理はない。身を殺して生きる真理を悟れ。

舌打ちへ入れ歯がくりと音を立て

荷車のころなつかしむ下駄の雪

箸枕味もまあまあいける店

嫁を立てて一家明るい笑い声

舌にころがしてこのお茶ならいける

手術台どちら向いても光るもの

孫の守り娘に抱き癖を叱られる

人生の旅は一人旅である。事業の相手が裏切ったとて周章するは愚かしい。何れの仕事も最後の頼りは己だけと悟れ。自己を尊び高め完成せよ。

純金の光りと判るループタイ
風船で鉢巻をして風船屋
生れつき野良猫という身の構え
人間に踏まれた月と見えぬ月
交際費あなた家計簿見て頂戴
花嫁のまず手はじめに拭き掃除
甲乙はないと上手なほめ言葉

大善は名に近く、小善は徳に近し。大善は希なるも小善は限りなし。小善を怠らずして積め。

▼少年・少女

子に着せて出してゆっくり寝正月
百円で百円叩く肩早いこと
智恵熱へ若い夫婦の周章よう
ちぐはぐに男が着せた子の着物
人形を叱る口真似母に似る
呼びに来た姉が手伝う凧の糸

如何に些細なことも真剣に行え。本気でやれば大抵なことは出来る。真剣にやれば何でも面白い。知らず知らずに能率も上がるものだ。そして如何なる難事に突き当たるとも誰かの同情が向けられる。

孫をさし上げる矢車よく廻る
いたずらをしない日の孫熱がある
巣立つ子の希望はみんなみどり色
餓鬼大将と聞いてうち孫頼母しい
大仰に口を尖らす子の不服
母の叱言を聞いているのか漫画本
子を連れてゆくとお菓子屋負けてくれ

真剣でする仕事に他人を頼るな。他人が進んで難事を救ってくれるときは、意地張るなかれ。これは自然の助力であって、天は自ら助くる者を助くるなり。

本気だった子に指切りを詫びること

机に鍵かけて中学恋芽生え

廻り道して少年の恋ごころ

中二から算数母の手におえず

気合い入れてやれと三年生ずるい

油ぐらいさせと自転車叱られる

楽書をほめれば僕が書きました

溜まって流れぬ水には虫がわく。蔬菜を育てぬ畑には雑草が茂る。仕事には不断の努力が必要である。空回りする臼は磨滅するから心すべし。

数学の出来ぬ子の独楽よく廻る

千代紙の折り目もたしか少女の手

▼男・父

胸襟を開けばそこは男なり

母親をおふくろと呼び親ばなれ

誰にも言えぬ仕事に男いのち張る

拳骨で嬉し涙を拭く男

汲み溜めの水は多いようでも、やがて盡きる。じきに疲れるのは手桶で水汲みを繰り返すからだ。内に井戸を掘れ。心に深い井戸を掘れ。渾々として盡きざる深い井戸を掘れ。

口をへに結ぶと男譲らない

世渡りを寛美の馬鹿に教えられ

ネクタイを結ぶ早さも四十代

ロマンスグレーの魅力奇麗な金離れ

消えている咥え煙草の話し好き

惚れた弱味の男ぶっきら棒でよし

郷友の掌のぬくもりに嘘はない

去年はああだったこうだったと繰り言をやめて、今年の覚悟を新たにして、自分という人間一人としての完成に勤めよう。自分一人ぐらいはという他力的な気持ちから改めよう。

青年の主張いいとこ見ているネ
切れ者の定評きびしい専務の目
利子を取れ要らぬ友情ほほ笑まし
父が見てこれは剪る枝残す枝
父と子の合作になる犬の家
人様にお世辞の下手な父でよし
叱らない父が怖くて眠れない

時折定年が問題になる。定年制には一利一害がある。八十になっても役に立つ人と、五十未満で廃人の域に入る人とがある。年齢は幾つになっても役立つ者は利用すべきだ。

風采は映えぬが日本一の父

嫁りたくもあり嫁りたくもなし父黙す

父の目に子の鉛筆の削り方

父の年齢だんだん熱い風呂が好き

歌舞伎にでも連れてゆこかと父機嫌

眉ぴくり動くと決まる父の肚

家中で大きい父の飯茶碗

人間の価値は無いようで有る。風采や学歴だけで決まるものでない。従って年数手もない。年功必ずしも傑物とは断じ得ない。社会は飽くまで人物の価値を望んでいる。

父は技息子力でいい勝負

父の鞄に仕事のノルマ詰めてある

ほんとうに貧乏だった父の代

薬ぎらいで通して癒る父の風邪

打ちこめる仕事男の幸と知る

▼妻・母

このままで居てくれ妻の少女趣味

人生は零たす零の連鎖である。どこまで行っても零たす零の合計である。刻々の勝算、不断の努力こそ最後の勝利者といえよう。

倖せを問えば新妻身をくねり

寄り添うて歩けば妻から物を言う

妻の留守香水瓶を嗅いでみる

妻が居て言ってはならぬ裾をひく

パートして買うもの妻も遠慮ない

煮物一つ出来ない妻で評論家

妻に撰らせるとネクタイ派手になり

生きたものには静止がない。動物も植物も一様に刻々と変化してゆく。人間が自然のままに変化してゆくだけでは動物や植物と何等変わったところがない。

妻の笛八人の子にゆき渡る
お噂はなどと名刺へ妻の世辞
どうするでなく妻の手首のゴムバンド
勤続表彰進軍ラッパ妻が吹く
金のことになると妻でも他人なり
妻の吹くラッパ働け休むなと
ふと握る妻の手のひら固いこと

人間の動きには進歩がある。努力が要る。我が凡ての瞬間をして、進化、向上、勝利の過程たらしめなくてはならない。

妻の許し得て出直すと笑わせる

貧乏して人妻嘘がうまくなり

忘れものしたとこ妻に言えぬとこ

妻が傍にいて倖せを老いて知る

陣痛へ母になる汗美しい

母一人まだ起きている虫時雨

向い風母子しっかり手をつなぎ

人間の幸福には色々ある。健康、立身出世、家庭円満等々限りがない。お互いに今の立場に不満を感じることは一番不幸である。

だしぬけに来てすぐ帰る里の母
唐もろこしの食べ方器用な母の指
パパの顔見て見なさいと母ずるい
正直なお人と母の目はたしか
家計簿へ赤字を口にしない母
雑巾のまず母の目に絞りかた
母の目の中で豆靴鳩を追い

傷ばかりではない。病気にも、事業にも常に感謝の念を以ってすれば案外苦痛が薄い。あせるほど苦痛は募り、失敗を重ねるものである。

靴の音違うと母の耳たしか

子に言えば何でも母へつつぬける

強がりを言ってもそこは女親

その娘一度連れておいでと母が折れ

疲れたとつい口に出る母の齢

母の吹く喇叭に一家右ならえ

逝った祖母に似て来た母のおちょぼ口

世間ではよく売り言葉に買い言葉ということを口にする。ヤイと言えばオイと応え、オイと呼べばウンと応えるのは人情である。

戻りなさい我慢なさいと里の母
泊りたい娘へ心を鬼にして帰す
雨傘の用意当った母の勘
母に奢る寿司巻きずしでよいという
母の代筆追記の方が長くなり
帯解くと母は疲れがどっと出る

人類には、いつの世も不平と不満がついて回る。いっそ猿か兎のように、着の身着のままで自由に山野を駆け回っていられる生活が出来たらと思う。

▼女

女の子は着せ甲斐がある花まつり

文学少女恋の芽生えに花を活け

丁寧なお辞儀が憎い片笑靨

淋しがりやの姉に人形貯める趣味

炎える恋贈る毛糸の目をひろう

美しいものの一つに舞い姿

停電に遭って電気の有り難さを知り、早魃に遭って水の有り難さを知るようでは遅い。日常の生活に太陽や空気の有り難さに気づいて生存している人間が幾人いるか。我々の周囲はあらゆるものの感謝の的にならぬものはない。

書道塾へ通った姉のくずし文字
一と筋の髪にも女気をつかい
口止めをされると喋りたくなる女
くどかれて女は猫ののどを撫で
肩の糸屑へ女の手が動き
お招きをうけてと女如才ない
ちょっと来て女の声が疳高い

自分ほど不幸な者はいないという人がいる。その不幸は誰が作ったかと聞かれたとき、自分からつくりましたと答えられる人が何人いるか。応えられる人は、その時から幸福になれる。

兄弟の仲を取りもつ出来た嫁

疲れたと言えば肩でも揉みましょか

車から裾を気にして訪問着

今聞いたように女の聞き上手

女同士ほどほどが良い譲り合い

つかみ合いの喧嘩女に爪がある

遂酒が泣かぬ女にしてしまい

勤務先まで、雨の日風の日も、十キロの道を毎日往復する。月に十数回の句会へ出席するのもみんな自転車である。自転車のお陰だといつも感謝の気持ちで乗っている。

出るとこへ出ましょうと寡婦譲らない

あなた背中掻いてと夫婦だから言える

ゴム長を履くと女の馬鹿力

ハンドルを持つ手と見えぬ舞扇

▼老齢

祖母の齢習う先からもう忘れ

逢いたいと思うと老人待てぬなり

自分の土地に、自分の家を建て、テレビ、洗濯機、炊飯器、冷蔵庫が揃って、大型の電器コタツに胡坐をかいて、座椅子にもたれて川柳に親しめる私はいま幸せの絶頂だと感謝している。

美しい言葉で姑《ハハ》の含み針
老い二人小春日和を花の世話
ゆっくりと噛む婆あちゃんの顔の皺
初霜へ炬燵を出すか老夫婦
母に似た叔母喜寿になり生き写し
お婆ちゃん雁次郎飴を絶やさない
坂道をいたわり合って老夫婦

文学青年ということで、俳句もやる、短歌もつくる、詩も出来るという八方美人に名を成した作家はいない。せめて川柳一本に邁進したいものだ。

苦労したなあとしみじみ老夫婦
朝っから居眠り祖母に嘘がない
祖父逝って昔の額の保険金
お位牌を祖母は味方にして叱り
まだ針のみぞが通せて祖母達者
老人に生活力があり揉める
南無大師祖母は一途に珠数を繰り

昔の人は「もう駄目だ」と死期を予期して歌や詩を詠んだものだと聞く。辞世が流行しはじめたのは、源平時代からで、武人の風雅を物語るよき話として残っている。

細い目をまた細くして祖母の愛

明治の祖父にまだ松之助生きている

筋道を通せと明治退かぬなり

明治生れ時間厳守を楯にとる

五ッ玉でないと明治は合わぬなり

明治すぐ恩に着ますと辞が低い

艶ものになると明治の名演技

慶賀の至りに候明治筆で書き
男七十種火を胸に燃しつづけ
作句歴七十一年まだ達者
八十翁訪えば写経に余念ない
八十を越えて明治の底力
八十二もう校正の利かぬ齢
耳に手を当て聞き直す八十三

「まず相手に喜びを与えよ、その喜びを以って自らの喜びとする」この十年来の自作のモットーの一つである。商人ならばお客に喜んで頂ける商いをしてこそ、その客が喜んでまた来てくれる。情は人の為ならずとか、報酬をあてにしない情をつくし、他人の為につくしてあげることが出来る者こそ真の倖せと信じている。

八十四燃えようもない老夫婦

堂々と碑面に筆とる八十五

ありがたやまだ働ける八十五

ぽっくり寺へ近みち探す八十五

とんちんかんな受け答えして八十五

八十六明治生れの意地に生き

ボケてから何が神様仏さま

声出して新聞を読む祖母明治

八十五一日何もせず疲れ

政局がどう変ろうと八十五

ボケましたなぞと財布はしかと持ち

▼旅・四季

踊り子も此処を歩いた天城越え

寝てさめてまたうとうとと一人旅

氏より育ちという言葉がある。種が良くても耕す畑と作耕する人がよくなくてはならない。佳い川柳を作りたいと望む前に良い人間を作りたい。

ハンドルは夫任せの花の旅

春一番太宰府からの梅便り

追い風に乗ってひらりひらり蝶

無人駅見る人もなく桃見頃

亀のたりのたり世間はいつか春

太陽へ牡丹大きく笑いかけ

風みどり秋吉台に石灰石《いし》の群れ

鐘ついて経も称えて奈良の旅
お祭りが近い神社の蟬時雨
浜木綿の初咲きに舞う浜の蝶
秋日和筵の上で胡麻がはぜ
風も秋ゆっくり走る高級車
部屋までの廊下の長さ山の宿
浅草の情緒にぴたり仁王門

阪井久良伎翁の対象時代の句に「俺の日記も妻の小遣い帳も嘘」がある。いつの時代にも、人間には飾ったり、人前を繕う性質があって、赤裸々な日記や家計簿は中々書けない。

正調と前置きをして佐渡おけさ
善光寺また来ましたと掌を合せ
カセットの仏法僧で鳳来寺
昇仙峡日銭を稼ぐ馬の鈴
鐘に明け鐘の音に昏れ京の四季
春闘の山場さくらも散り急ぐ
梅雨しとど派出所不在のまま暮れる

あとがき

私が鈴木可香師と親しくさせていただいた最初の仕事は、昭和六十年から「川柳を始めてみませんか」というテーマで「テレホン川柳ひろば」を開設し、鈴木可香師に選者をお願いした時である。名古屋市東区のNTT東電話局の「テレホンサービス」の1001番（センリュウ一番）を掛ければ、いつでも川柳入選作品と講話が聞ける「川柳コーナー」である。

平成元年四月三十日、「鈴木可香先生作句七十年記念・句碑建立除幕式並びに記念川柳大会」を開催。句碑「富士泰然動いてはいる春の雲」。お礼のことば「皆様、本日は私の作句歴七十年記念句碑建立除幕式、併せて川柳大会の開催にあたり、かくも多数のご参加、花を添えていただきましてありがとうございました。（中略）鈴木家の菩提寺である北区山田町の常光寺境内に、立派な句碑を残すことができました。先祖も喜んでいてくれることと思います。（後略）」。

東野大八氏の文によると「川柳なごやといえば、私にとって忘れることも出来ないのは、瓦全房可香、雅楽荘鮮山のお名前である。このおふたりの雅号は、満州、中国の数多の柳誌上でおなじみの健吟家で鳴り響き、未だに私の脳裏にくっきりときざみ込まれている。さらに可香先生の健吟ぶりは、大陸柳人会でも知名度は抜群で、石原青竜刀さんが、私に『彼は月一万句は作っているよ。だって日本中の柳誌に全部出ているからね』といったことがある。川上三太郎先生も『おそらく彼は日本一の多作家だろう。川柳界の重要文化財だ』と私にいった」。

鈴木可香師の宣言「僕は五十の齢から、句会の席上などで、自分は93歳の4月20日午前2時25分まで絶対死なないと強調した。少年の頃、僕が虚弱だったので、母が名の通った易者に僕のことを観てもらったら、大丈夫90歳前後までは寿命があるといってくれた。百歳までと強調したいところ7つ遠慮して、僕の生まれた月日まで生きる。自分にこうした暗示を与えることで、実践できると聞いていたからだ」。鈴木可香師は平成九年七月十九日(享年九十四)に没。

新葉館出版の松岡恭子さん、竹田麻衣子さんと編集スタッフに心から感謝いたします。

令和二年二月

松代　天鬼

【監修者略歴】

松代天鬼（まつしろ・てんき）

1942年、静岡県沼津市生まれ。

現在、（一社）全日本川柳協会理事、日本現代詩歌文学館評議員、愛知川柳作家協会相談役、名古屋川柳社相談役、川柳研究社幹事、読売新聞とうかい文芸選者、NHK学園川柳選者、いぬやま川柳クラブ指導、中部経済同友会「文化の街づくり委員会」企画「川柳」選者。

著書に「川柳作家全集 松代天鬼」。

川柳ベストコレクション
鈴木可香の川柳と機関銃
○
2020年4月25日 初 版
監 修
松 代 天 鬼
発行人
松 岡 恭 子
発行所
新 葉 館 出 版
大阪市東成区玉津1丁目9-16 4F 〒537-0023
TEL06-4259-3777㈹ FAX06-4259-3888
https://shinyokan.jp/
○
定価はカバーに表示してあります。

ISBN978-4-86044-427-3